나를 다 가져오지 못했다

문학들 시인선 006

이효복 시집

나를 다 가져오지 못했다

문학들

1989년 7월 1일
종이비행기 하나 날아올랐다
3층의 아이들
일제히 날아오른 종이비행기
색색이 꿈들로 밀물졌다
와!
아이들의 함성이 드높고
또 한 번의 호각이 깊게 울렸다
2층의 아이들
백색의 종이비행기를 날린다
1층의 아이들
우르르 운동장에 나와 종이비행기를 줍는다
다시 하강하는 종이비행기

너만을 생각하던 내가
너를 잃어간다
욕심 많게 모아만 두었다
내가 가두려고 했던 것들
나를 스쳐 간 무수한 점멸
내가 본 첫 어둠
아나키아

감격과 환희는 어디로 간 걸까
도달하고픈 경이의 경지
용서와 화해
심지를 불태우고
바람이 부는 각을 세워
꽁무니를 옹그리며
나는 오늘도 시의 그물을 친다
아름다움이 가늘게 떨고 있다

2020년 겨울

이효복

차례

제2부

제3부

제4부

제1부

바람의 느낌

너를 잡을 수는 없었다
사실은 내가 줄기차게 달아나고 있었으므로

내가 달아나고 있었고

밀렵의 숲에
내가 빠질 수 없는 어둠에 이르렀다

고라니는 옥수수 밭을 훑다가
인간의 잔상에 걸려

죽사발 되었다

그가 피를 흘리며 간다
나는 내게로 돌아오지 않을 것이다

숲에서 어슬렁거리다
달이 될 것이다

설산

한낮의 볕이 등을 돌리고
나는 잠망에 걸렸다
발을 잘못 놓았을 뿐
그 말에
눈이 어둡다

바람이 멎고
남은 뼈

처음 날개를 달았다
한,
발,
한 발
한 발을 놓았을 뿐

그것이
나의 정상이었을

눈꽃이 멎고

우두둑 소금을 씹는다
퉁퉁 부은 바람
녹아 버린 손
높지 않다 헐린 아귀벽

시간을 오르고 칼날 능선에 내려놓는 한 발
바람이 울고 있었다

고요한 숲에 앉아

그 고요 또한 벽일 때가 있다는
절대로 끄떡 않는
먹밤,
노래가 울음이 된다

한발 앞으로 갈 수 없구나
가시밭길
우둑우둑 드러난 풀
사위가 벽이다

걸리고 찢긴다
벽이 있다는 것은
내가 걷고 있다는 증거이다
내가 달리고 있다는 맹세이다

나는 길을 달리고 있다
오만 꽃과 나무
내가 이 지점까지 잘 살아왔다는
군중이 되어 나를 환호한다

오직 내가 헤쳐야 할 길이라는 걸

내가 기도하는 동안
내가 기꺼이 하지 않아도
문은 열리고
벽은 다시 문이 되고

나 홀로 길을 걸을 때
– 뮤제타의 왈츠

1

그것이 희미해져 가는 동안
나에게 돌아올 것은 허랑한 심기
내가 더 힘차게 나의 길을 거닌다 해도
달라질 것은 없는데
창밖 빗소리 굵고
너와의 결별을 알리는 빈 호각에
내 지나온 시간이 곤궁하다
그것을 생각하게 하는 이 시간
나는 누추한 하현에 머물고
이제 서서히 몸에서 떨어져 나가는 굴피
조만간 그 달 뜨리라

2

나는 알지요
신이 홀로 꽃피우는 당신

그 바람 막지 않아도 산 따라 강 따라

흘러든다는 것을

나의 꿈이 떨군 해진 다락방

보헤미안

당신을 알아요

실낙원으로 가는 열쇠

불을 켜요

산길 따라 강길 따라

잠시 내게로 오는

그 마음 다잡을 수 없으니

한 생명 움돋음

그대로 놓아둠이니

나는 알지요

신이 홀로 꽃피운 당신

낙엽

너만을 위해서 살겠다던 그 모든 진실은 없다
벼랑에 앉아 보라
손이 할퀴고 발이 뭉그러지고
남은 심장 하나로 버티고 서서
깡그리 너를 잊는다
안간힘을 다해
나는 바닥에 눕고
그러고도
그것만이 너에게로 가는 지름길인 양
헤헤 웃는다
지근지근 밟힌다
존재하는 것은 다 낙마한다
그렇게 멀어져 갔다
곧 흰 눈이 내릴 거라 직감한다

태풍이 지나고서야 알았다

나의 모든 것들을 송두리째 버릴 수는 없었다
살아야 했으므로
과실을 따 내고 잎도 떨구고
이제 바스락거리는 것들
뜨거운 태양에
나는 익어져야 비로소
너에게로 갈 수 있다는 것을

내가 반짝거려야 기꺼이
세계가 열린다는 것을
온전한 겨울을 맞이할 수 있다는 것을

태풍이 지나고서야 알았다

자귀나무 숲

마음자리 접어 선잠 든
너의 빈칸
발가락이 차갑다
공원 마실 나온 산넘이 바람, 집 비운다
한여름 밤의 취기
창공을 휘둘러 쓰고도 모자라
발등이 보인다
치오르는
날 밤샌 장명등
어둠이 처마 끝에 달랑 매달린다
대문마다 방을 붙이고 달아나는 잔성
살을 데이는 도회지의 난간
이불을 끌어당긴다
온 발이 적신다
어디서든
사로잡힌 적 있었던가
열한 식구가 방 한 칸 내어 쓰던 쪽방촌의
하루가 종일 발가락을 가린다
공간을 끌어당겨 아이들 발가락을 재우는

자귀나무의 눈시울
화이부동和而不同의 꿈을 업고
처용은 밖에서 날을 새고
한밤중
갈린 마음 접어 선잠 든 품
자귀나무 한 잎, 뚝
발가락이 보인다

수국

한 여인이 직각으로 태양의 반사경에 젖어 있다
바다는 충혈된 눈으로 길을 비킨다
재넘이 바람, 주춤
바닥에 앉는다
아이의 울음 멎는다
폭탄살 익는 해변
와인을 마시고
당신도? 한다
어리둥절 불을 켠다
오카리나의 자그마한 선율을 뒤로
나는 당신의 얼굴을 치켜 본다
굴절되는 파장
의아한 듯 묻는다
그렇지, 나는 혼짝난다
뭐란 말인가
바람에 밀려난다
바다가 길을 잃고 주저앉았다
그 위를 핥는 여름
징한 한낮

고개 내민 수국

나는 가슴을 내어 주지 못했다

눈이 붉은 저녁

외등을 끈다

고깃배 드러난다

아줌마들의 사회

짬을 낸 강천사 산행, 알록달록 차려입어도
세월에 굴곡진 몸매는 타인의 시선에서 외롭다
색색이 달라도 한결같이 호명되는 아줌마들의 사회
별수 없는 주전부리에 화기애애하다
목적지에 당도하자 선두에 마중한 좌판 장수들
알밤들이 숭얼숭얼 낯짝을 들춘다
생밤, 군밤, 찐 밤, 오천 원에 세 되
맛보기를 쥐어 들고 솔솔 구름다리를 돌아온다
"벌려, 벌려, 벌리고 있어잉"
힘 좀 쓸 듯 목소리를 짝 까는 좌판 아줌마의 남도 에누리,
몰려드는 고객들에 까만 봉지 하나씩 돌려주며
"쫙 벌리고 기다려잉"
그렁저렁 아줌마들 군말 않고 봉지를 벌리고 선다
"아따, 아퍼 죽겠구만 언제까징 견디란 말여잉"
"고생했당께, 이리 가까이 대 봐 팍팍 퍼 줄 껜께잉"
진짜배기로 봉지가 넘치도록 알밤을 팍팍 담아 준다
알밤 까는 기계까지 덤으로 산다
식솔들 먹일 생각에 아가리 찢어지게 오진 아줌마들
검정 봉다리 하나씩 부여안고, 허적허적 하산하는데

신통 난 일 없어,

모처럼 벼른 짬이 어설프고 괜하다

즐비한 식당 줄 평상에 걸터앉아 산 단풍 헤적인다

막걸리에 도토리묵에 파전에 더덕구이에도

허기진 마음은 취기가 없다

아내가 결혼했다

"얼른 광주 가서 영화 보고 들어가자"
"무슨 영화"
"아내가 결혼했다"
"그거 우리 남편이 꼭 봐야 되는데"
"그래야 아내들이 무슨 꿈을 꾸는지 안다니까"
"그래 가자"
검정 보따리 든 아줌마 부대가 극장으로 들어선다
영화는 안 하고 마침 시사회가 여덟 시에 있다는데
표는 인터넷 접수로 이미 젊은이들 차지란다
시사회장은 예쁜 연인들이 쌍을 이뤘다
저런 한때가 있었으련만 꿈만 깊다
표가 없다는데도 무작정 버틴다
저녁도 거르고 턱없는 빈자리를 꿈꾼다
시간이 남아돈다며 멜겁시 기다린다
아는 명함 총동원해도 가망 없다던 자리
간신히 앞 석이 통째 비었다
남편에게 당당히 결혼하고 싶다고 요구하는 주인공
"오메 저런 가시나가 어딛데잉"
감독과 원작자와 한 판씩 찍었다

처음 시사회를 봤다는 아줌마들
"따봉이랑께요잉"
한 묶음씩 싸 든 검정 비닐 보따리
가슴에 꼭 붙들고, 달뜬다
극장 문밖에서 남편들이 벌겋게 시동을 켜고
아내를 찾느라 목이 멘다
아가리를 벌리고 서 있는 밤의 검정 봉지 속으로
흡입되는 일상, 하늘의 별이 잔잔하다

그날의 일정

광주광역시교육청 출발−신석정 생가−채만식 문학관−
금강−군산부두−째보선창−콩나물고개−조선은행 군산지
점−채만식 생가

돌아와
해산하는 길, 비가 자각자각 왔다
오랜 세월의 각으로 만난 그녀가 쥐여 준
택시비 만 원이 축축했다

나의 존재는
절절이 비가 되어 걸었다
나를 다 가져오지 못했다

완연한 봄

그냥 슬픈 거다
봄이 왔다는 것만으로도 슬픈 거다

그 자리에 네가 있다는 것만으로도 슬픈 거다
나는 여기 가만있는데
네가 올 것만 같아

눈망울 치켜뜨고
가만가만 들여다본다
까치발로 바라보는

너는 거기 가만있고
그냥 슬픈 거다
나무랄 데 없이 완연한 봄

봄이 오는 거다
너를 기다리는 나의

공주는 잠 못 이루고

–칼라프

밤새 잠을 이룰 수가 없어요

이름을 알아야 해요

엉터리 같은 세 개의 수수께끼를 맞히고도

나는 결혼할 수 없어요

당신은 얼음공주 이름을 맞춰야만 해요

나는 빈체로(vincero), 승리를 외치지만

당신을 응원할 거예요

진실한 사랑이 무엇인지 내가 말할게요

당신에게 사랑을 드려요 한눈에 반했으니까요

그것은 나의 숙명이니까요

동이 틀 때까지 당신은 나의 이름을 맞춰야 해요

–투란토트

당신의 노래를 들어요

당신의 노래가 들려요

칼라프

나는 얼음공주 사랑은 불타오르고

관중들은 당신을 환호하죠

난 당신을 향해 단을 내려가고
난 투란의 딸, 칼라프
나에게 이름을 가르쳐 주며
나는 당신을 사랑이라 말하죠
그리하여 당신은 제왕이 되고
칼라프,
당신의 노래를 들어요
당신의 노래가 들려요

－류
나 울고 있어요
그 노래 들을 때마다
자꾸만 눈물 고여요
그 노래 속에 내 꿈이 있다는
그날로 돌아와, 마른 강가에
나 외로이 울고 있다는
두근거려요 사랑을 만나러 가요
아무도 몰래 그 사랑 꺼내 보아요
잠 못 이뤄요

땅속 깊이 스며드는 신비한 악곡
젖은 땅 어디에서든 피어나
마음으로만 보아요 그 꽃 얼마나 이쁜지
산정엔 공허한 하늘
나 울고 있어요
그 노래 들을 때마다
자꾸만 눈물 고여요
그 노래 속에 내 꿈이 살아 있다는

겨울비

이승에 없는 네가 왜 그리운 걸까

푸른 낙엽도 너를 이기지 못하고 눕는다
사라지는 것들은 다 곱다

나에게서 멀어져 간 것들
다시 내게로만 오는 것들

이제는 나의 눈도 밝아져
어둠 속에서도 네가 더 또렷하다

말할 수 없이 굼뜬 너와의 별리

아, 나의 슬픈 콰지모도

노래를 불러요
아직 내 노래를 부르게 해 줘요
세상과 단절된 채로 종지기 꼽추
나는 늘 추하기만 하다
세상은 늘 어둡기만 하다
벽이 높아서 눈부신 그녀
두 눈에 물드는 어둠
내 뜻이 관철되기를 밤으로 눕고
빛나는 세 개의 태양

노래를 불러요
아직 내 노래를 부르게 해 줘요
잠시 기쁘다가 하얗게 웅크리고 앉아
애꾸눈 절름발이 꼽추
심지가 탄다 태양이 함몰한다
어둠 속에서 햇무리가 돈다
천만 번이라도 고하련다 종을 치련다
나의 에스메랄다 눈부신 그녀
날이 지샌다 무섭게 짓누르는 태양이여

아직도 내 노래가 울리고 있어요
한 번만 내 노래를 울리게 해 줘요
노트르담 대성당 뒤편에서
꿈틀거리고 있는 종지기 꼽추 콰지모도
자유로운 영혼의 집시 에스메랄다를 사랑하는
가장 어두운 어둠
파멸의 시간에 맞춰져 있는
눈부신 아나키아의 시계
숙명

아, 나의 슬픈 콰지모도
내 노래가 울리고 있어요
내 노래를 울리게 해 줘요

제2부

분얼눈

그리운 고향을 눈앞에 두고
나는 아직 얼음 속에 있었다

한 어린아이가 살던 저녁

너른 마당엔 혼자였다
식구들 모여 울음이 켜 든 조등
처음 본 어둠이었다

어둠들이 모여 사랑채 불을 지피고
그 어둠이 남아
내게서 멀어져 버린

도회지의 난간 모서리에 다닥다닥
잔상
조금씩 모아져 대롱거린다

먼 불빛 희미해져 버린 연기
그을린 빈 밭둑외풀 언저리엔 공친
삭은 정화수 한 사발 없다

모두들 떠나고 마을 어귀의 홀랑 남은 글자 흐린 비문
바람 지나고
빈틈

모가지 꺾인 청려장

풀숲에 숨어서 나는 울었다

오랜 해가 먼발치에서 어루만지고 서 있다

노지의 시학

어미는 병실에서 주사약으로 연명했고
난 그 약이 무엇인지도 모르고 잠만 잤다
어미는 탱탱 부어 있거나 또는 삐쩍 말라 갔다

나는 빠른 걸음으로 시동을 끄고
옥수수 알을 들여다본다 아직 연하고 곱다
할머니가 야단이다

풀약 해야 써, 안 그러면 암것도 못 먹어
비료 한 줌 주지 못했다
우북이 자란 풀, 봄 가뭄에 우직우직 품을 팔았다

눈이 가렵다 병실의 빨대가 축 늘어진다

풀밭에 앉아서 두꺼비와 눈을 맞춘다 얼마나 목말랐을까
 땡볕 그늘진 물구덩에 덩그라니 나의 행동거지를 주시
한다
 장마에 풀 바다, 쇠비름이 오르고

자정을 넘긴 시각, 긴급 호출에
어미는 지하 수장고에 밀어 넣어졌다
그렇게 석 달간을 내리는 비

봄 가뭄이 들고도 옥수수가 많이 자랐다
옥수숫대가 내 팔뚝만 하다
하얀 수염을 드러내었다

나는 땡볕에 숨을 헐떡인다
지구만 한 둥근 호수에 천 리를 끌어 물을 댔다
한 치도 자라지 않는 옥수수

풀 한 포기 없는 대낮
넝마가 되어 덕지덕지 타들어 갔다
모터가 돌지 않는다
내 키만큼 자란 옥수숫대에 얼굴을 묻었다
나이가 들수록 욕망은 값졌다
자투리땅에 옥수수 알을 묻었다

아직도 허기를 가늠할 수 없는 투혼
어미는 등을 돌리고
더 이상 빨대를 흡입하지 못했다

나는 옥수수 밭에 기력을 잃고 쓰러져 누웠다
하얀 달빛에 개망초꽃
−위안이군

속삭이다가 얼굴을 묻는다
옥수숫대에 앉아 노는 새끼 청개구리
빗물이 젖는다 옷가슴이 시퍼렇다

거름 한 줌 안 하고 농사 잘 지었어
이젠 그 어미 없다
맬겁시, 등을 돌린다

시커멓게 타들어 가면 옥수수가 다 익었다는 거여
누구에게 먹일 이 없는 크나큰 옥수수 밭에
옥수수가 참 곱게 여문다

11월의 들녘은

1

나의 어둠이 나를 비집고 들어
나의 방에 불을 켰다
숨죽인 울안, 잠든 마을
바람이 지난다
그 어둠이 목숨처럼 가늘게 울어
퍼뜩, 어머니의 발길 듣는다
깨어나지 말기를
비루한 심사
곱다
꽃 진 은목서
어둠에 잠기는 바람
해진 밀창 틈으로
오래전의 빛바랜 음율
너를 잊기로 했다

2

어느 날 내가 누추해 보일 때
11월의 황량한 들을 생각한다
먼 어느 날 그 어머니도 그랬을 것이다
허옇게 센 억새풀들 사이로 나는 기어든다
그의 품이 그리웠으리라
그렇게 나의 어머니는 이 들녘을 일구며
이 억새의 어린 숨결을 훑었으리라
그녀의 살갗 그녀의 고통이 이룬 몸 진 들녘에 선다
아, 나의 어머니
밭머리를 넓히며 쪼그려 앉아 들이 되었다
그렇게 늘 나만을 들여다보며 들이 되었다
나의 이마엔 작은 이슬이 돋고
옹이진 허줄한 공허
아, 저 하늘을 보라
맑은 하늘엔 지구를 도는 비행선이 휘젓고
그 광활함에 포개어져
나는 한량없이 뛰논다

바람이 살랑거린다
풀섶에 뒤엉켜 다랑이 논 다지던
곡식 훑는 소리 멀다
비워만 가는 비워만 가는
11월의 들녘에서
사랑은 그렇게 고요히 잠이 들었다
그렇게 11월의 들녘은 나를 비워 내었다

강을 건넌다

해갈
그렇다 투사처럼 농작물이 자란다
소낙비와 우박에 구멍이 숭숭 뚫린 잎들 사이로
방패처럼 숨는 멍울, 나는 그 기억을 찾아 강을 건넌다
주사위는 던져졌다 삽시간에 차오르는 물
비를 맞아야 한다 우산도 맞바람을 이겨 내지 못하고
날로 기운다 흘러내리는 그날의 곡요
엉거주춤 매무새를 고치지만
사고뭉치처럼 기어드는 벌레 한 마리, 따갑다
볕이다 벌써 자란 채마밭에 쪼그려
한 생을 생각한다
절로 떨어진 검푸른 오디 열매를 뗏목처럼 거뜬 끌어당
기는 개미 떼
형체 없는 그,
우주란 얼마나 서글픈가
금방 눈앞에서 사라져 가는 쉼 없는 형상들
다시 이렇게 푸르게 자라나
아른거린다
다시는 가림막으로 기어들지 말자

옥수숫대가 푸른 깃을 세우고
함성을 고한다
아직 돌아드는 수몰 댐은 허연 바닥을 감출 줄 모른다
조을대는 가로등 불빛 하나 없는
산골 마을에 해처럼 맑은 보름달이 떴다
나는 그녀에게 줄 선물을 기약한다

노각

악, 억수로 내리는 비
오전부터 시작된 건축 측량
마치질 못하고 해산

그리도 찾았던 구들돌이 옛 마당에
고스란히 깔려 있다
정취를 느낄 수 있는 한 점 판판한 돌, 왜 이리 집착하는
것일까

서울에서 하경한 젊은 설계사와 시를 입에 물고 태어난
여자가 얘기를 나눈다
왜, 감나무를 없애지 않았나요
부탁한 것도 아닌데

가능한 한 옛것을 해치지 않는 데 역점을 두고 도면을
만듭니다
자연 친화적으로요
2층 카페에서 빨갛게 익은 가을 감을 바라보며 커피를
마실 수 있어요

아, 맞아, 그래, 설계도 예술이란 걸 처음 알았다
시골 근린 상가라도 아무렇게나 설계하지 않는다는 사
내에게
애써 가꾼 첫 수확 노각을 선물한다

모두들 파하고 비가 억수로 쏟아지는데
빈 마당을 내려다본다
세상을 살다 보면 드문드문 감사할 일이 생긴다

나는 재깍재깍 시간을 갉아먹는 윈도 브러시 속으로 몸
을 숨긴다
쉼 없이 흐르는 선율과 빗방울이 함께 쿵쾅거리며
어딘가에 두고 온 왈츠 한 곡

그리움은 잠시 어리둥절
노각을 손에 들고 떠나간 텅 빈 하오
시간이 멈춘다

가을이 밟고 간 자리

사진을 들여다봅니다
가을이 밟고 간 자리
그립습니다
지나간 모든 것들은
이제 다시 내게로 오지 않습니다
아득히 멀어져 갈 뿐
추억 속에서 가물거릴 뿐
나는 오늘도 시간을 주워 담습니다
기억에서 사라지지 않기 위하여
꼬옥 가슴속에 묻어 둡니다
산등성이 나뭇가지 걸쳐 놓은
누군가가 떨구고 간 고독
퍼뜩 날아가는 새 한 마리
그마저도 없는
이 추운 겨울
온통 지나간 자리가 붉게 타오릅니다

11월의 가을, 비를 맞다

한여름을 견뎌 내고도 울지 않더니
오늘은 서럽게 운다 마구 운다
단풍들 젖어서 밟힌다

거둬들인, 비워 낸
온갖 곡식과 푸른 산하
나는 우산을 곱게 쓰고도 망가진다

빨간 고춧물이 쫄아든 떡볶이를 이천 원에 사 들고
까만 검은 봉지
그 속으로 새어 드는 비,
바람의 무게에 견디지 못하고

나는 젖는다
혀의 발바닥 속으로 숨어든다
그렇게 가을을 보낸다
너에게서 날아든 절교에 이렇게나마 화답한다

할랑할랑 바람은 솟구치고
나는 내가 아픈 줄도 몰랐다

염주동 럭키아파트 5동 꼭대기 층
- 집

나는 늘 허공에 떠서 사는 구름 모양이다
내년엔 꼭 이사를 가야지
만 원짜리 지폐를 한 묶음씩 잘 골라 모아
가늠해 본다
생활 정보지를 뒤적거리며
현실의 높이를 측정한다
몸무게를 조금씩 낮추며
땅 위의 집을 연상한다
나의 방을 꿈꾸며
적막한 숲 하나가 없어졌다
내가 홀딱 반해 세 든
낡고 푸석한 전망 좋은 집
도로 건너편에 경기장이 뚫렸다
베란다에 칸칸이 태극기를 꽂고
안방에서 4강의 물결을 보았다
경관의 호각에 차단된 디지털카메라
불꽃 방사할 때마다 흔들거리는 침실
늘어지게 벙그리고 앉은 육교 밑으로
눈요기되는 단층 사람들

창문의 공간을 넓힐 때마다
비좁게 다가서는 자동차의 위력
경기가 끝나고
황량한 바람을 본다
올망졸망 숲은 제자리에 없고
시야에 들어선 신축 아파트
초여름부터 한 계절이 바뀌는 동안
날씨는 내내 지저분하고 변덕스럽고 포효했다
천둥 번개 울릴 때마다
내 방은 정전이 되고
무섭게 내려앉는 어미의 투병
이번 여름, 난 내 어미를 잃었다
내가 슬퍼하는 동안
아파트값이 또 상승했다

시인과 파이프 오르간

1

허당기였을지도 몰라
이 심야에 문 닫힌 골목을 배회하다가
너에게 줄 선물을 놓쳤다
오늘이 추석 전야였던가
넌 왜 돌아가지 않니
아빠한테 전화가 하고 싶어져,

눈시울이 붉어졌어요
와인이 굵다
라면발이 시리다
그래, 국밥 한 그릇 먹이려
밤을 나뒹군다
어디에서든 우리에게 슬픔은 조각난 뒤웅박처럼 각지다

먹자골목에 선다
순살 치킨을 시켜 놓고
네가 운다

너의 올곧은 바람 상자가 나의 가슴을 친다

오늘도 너는 이 새벽을 건너기 위해
새우잠을 잘 것이다
푸른 건반이 넘실거리고
오로지 햇살처럼 삐굿이 고갤 내미는 빛의 파이프,

어둠 속에서 밀쳐 두었던 너를 꺼낸다
어디에서든 조등만이 내걸리는, 깜냥을 모르는
우리들의 시간을 앉힐 재간이 없다

2

스틱스강에 너를 놓는다
이제는 돌이킬 수 없는

갈대의 바람 소리를 듣는다
풀무로 끌어 올리는 방대한 소리의 무게

강보에 싸인 아이의 울음이
역청과 나무 진을 바른 밀랍의 요람에
나약한 영혼의 몸을 숨기는 요게벳
자연의 숨결에 너를 놓는다
내가 잡으려는 것들
라돈강의 언저리에 노니는
결 고운 구슬픈 늪지대의 갈대들뿐
에로스의 활과 화살이 생성하는
시링크스를 쫓는 판의 울림
다프네를 사랑한 아폴론의 눈물로 엮어진
월계관을 드리운다
텅 빈 숲속에 너를 놓는다

동트기 전 돌아서는 저 먼 달의 연원
바람이 갈대에 스친다

한여름 밤의 꿈
– 너 방울뱀아

항상 내 머릿속에 살아 있어
네가 떠오르는 거야
자꾸만 흐려지는 기억 속에
네가 더 또렷이 내게 남아 살고 있는
잠들고 싶은 요정의 나라

나는 꿈을 꾼다 너 방울뱀아
얼씬도 하지 마라
절뚝거리며 휘청거리며 너의 어둠 속으로 걸어 들어갔다
문간에는 먹이를 줍지 못한 고양이 서글픈 눈으로
세상을 응시하고

아직 돌아오지 못하는 제 어미 젖줄처럼
아파 있다 뜬 눈
유세차 주문을 올리던 쉰 목
문상은 파장을 모르고
축 늘어서 비운의 역사를 갈등한다

나라여 아, 내 나라여 잠깐, 멈춰 보시라

혈흔의 조각들, 몸이었나
눈이 붉다
발아래 지하 저 동굴로 들어가 파랗게
냉동되어지는 꿀잠

꼼짝 마라 요정이 잠드는
마법의 숲에
우리는 누구나 꽃 핀다
하늘의 별도 축복을 내리고
감싸 안는 아름드리 고요의 마을

간간이 들리는 천사의 노래
아무도 발 딛지 마라
우리의 모태가 숨 쉬어 듣는
자연이어라
날 선 칼날이어라

신뢰하던 그것으로부터 발화되어
파산하는 무언의 악상

하늘의 별이 너의 발자국을 놓고 갔다
반안반심半眼半心,
고요의 건반을 두드린다

부서져 내리는 라벤더 언덕
볼 빨간 신부가 치맛자락 끌고 드는 저녁 어스름
우리 꿈을 꾸어요 노래를 불러요
노래를 시작하여요

내가 살던 고향 마을은

국도 1번 도로가 지나는 노령산맥 능선이
곳곳으로 치닫는

밤낮 가릴 없이 전투가 치열했던 곳
지금도 발굴되지 않은 많은 얘기들이 항간을 떠돈다

산이란 산은 모두 불태워진 민둥산엔
작고 고운 진달래꽃이 흠뻑 피어났던 걸
기억한다

홍시

몰살당한 붉은 선홍색 피
아버지는 끝내 침묵하셨다

제3부

다락방

숨만 쉰다
하늘엔 삐라가 날고
나는 숨는다
천연의 이어폰 속으로 새어 드는
폭격
두 겹 세 겹 이불을 감싸고도 귀청이 떠나갈 듯 무섭다
세상이 빙빙 돈다

내게서
영원하다

하의도에서

내 언제 한번 다녀가리라
안부 전한다

단비로 새잎들이 무척이나 싱그럽네요. 안녕하시지요?
요즘처럼 아는 이의 안녕이 고마울 때. 다시 못 하기 전에
안부 묻고 전하자 그런 생각이 들더라고요. 그래서 느닷없
는 소식 전합니다.

마을 어귀에 등꽃이 환하다
그렇게 너를 보냈다
정말 미안하다

무저도

진도군 의신면 초사리 소삼도
바닷물에 나의 손을 얹어 본다
물살 일 때마다
만났다 헤어지고 다시 기다리며
내가 이 섬에 처음 발을 닿은 지
한 생이 간다
무수히 여럽다
산의 언저리엔 자란 꽃이 마디마디 숨죽여 군락을 이루고

아련히 바라보이는 또 하나의 섬
무저도

고하도 1

내가 사랑하는 사람은 멀리에 있다

어느 시인의 말처럼 내 가까이에 술잔이 있어 혼술을 마신다
미치도록 취한다
그가 마시는 술에 내가 취한다
비틀비틀,

내게로 내게로만 오는 어둔 거리의
저 달
바다에 몸을 던진다
등을 켠 채 여러 날 잠들었다
봉인되었다

나는 소경의 귀를 달고
말할 수 없는 밤
너도 취하고 나도 취한다
시인은 드러나지 않은 얘기를 캔다

나는 아직 그 섬에 가 보지 못했다
내 아비가, 묻었다는, 그 작은 섬
한 생이 이운다

고하도 2

숨죽여 걸어야 하나
저 하늘의 비행
늦가을 밤바람 서걱하다
나의 기억들을 모조리 지우고
일으켜 살아야 한다
역사 위에 켜켜이 조등을 달고
정박하는 배
목화밭 이울고
다시 생성하는 물길
서고자 했던 망루
행적은 덤불숲에 우거져
구금되었다
오랫동안 반문하지 않았는가
이곳에 흘러와
아비의 이름을 부른다
울지들 마라
내 기억들을 말살하지 마라

고하도 3

저 허무의 하늘 날렵한 굉음 파다하다
나를 가격한다
코스모스 붐비는 방파제
늦가을 모서리 서걱하다
재래종 무화과 발을 넓히고
내 몸 숨길 데 없다
그날은 없다
몸서리치게 고요한 적막의 가장자리
파리한 길섶
침몰의 벼랑

나는 어디에 그 활을 쏠까
한 줌 바람 이는데

역사여, 아직 끝나지 않은 울음이여

양정달마루골에서

내 마음속에는 눈물이 흐릅니다
나비도 꽃인 듯 언뜻 앉아 단장을 하고
매무새를 갖춰 은빛 바다가 됩니다
광활한 대지를 박차
끝없이 펴 오르는 춤곡
누각에 자명한 바람이 일고
찌르레기 무리 지어 먹이를 나눕니다
둘레 꽃들이 무작위로 사방 까치발을 들고
나마저도 홀라당 추임새 당기는
만개한 들녘의 횡포, 골목 각축전
나는 살포시 발자국을 기대
소음이지 않으려 몸을 낮추고
여울의 흰고마리 고만고만
금물결 희망이 됩니다
바람이 눕고 연달은 왜가리의 탱고
새박풀 열매가 둥그런 모여
무자위로 환한 달빛 자아올리고
흰 수크령이 보은을 하는 햇곡의 수로
저녁 빛 타올라 우주가 되고

도랑의 개구리밥 얼굴 부시는
틈박을 적적히 활공하는 텃새
양정달마루골에 서면
내 마음도 마저 고와집니다

달빛 전시관

너만을 가슴에 새겨 두리라
길을 잃고 피리를 분다
내 마음속에도 가을바람 두둑이
여왕벌 날고 흰나비콩꽃 도드라져
콩죽이 팥죽이 자화의 시간
산초꽃 피고 까막새 한 마리
노거수 해거름을
천 갈래 만 갈래 울음 우는데
골골이 물안개 휘돌고
평리의 황금들 사랑나무 단아하다
고혹적인 달빛 실루엣
성대히 축배를 들고
풀벌레 가슴 후리는
알곡 까투리
다시 꽃대를 올리어
만월의 밤
우리는 얼마나 위대했었나
아, 우리의 멋진 날
다시금 먼 날을 기약하리라

온순한 자리

나의 귀는 살아 있다
너를 공감한다
어제도 앞동의 한 집이 떠났다
분리수거장에 남은 감시 카메라
나의 운무를 본다
아름다운 숲
밤낮으로 매미가 징징댄다
길냥이의 숲에서
휘파람새 호르르 난다
돌탑을 쌓던 아이
비석처럼 나의 둘레를 노래한다
여름도 한껏 비끼고
나는 갈망한다
나의 정원을

사람이 떠난 자리는
풍요롭다
자연이 숨 쉰다

주행 1

생각의 끝에 이르러서도 지울 수도
허물릴 수도 없는 황색 실선이 질주를 하는데
거꾸로만, 거꾸로만 안타까이 뒤엉켜 흐트러지는
속일 수 없는 스스로의 언어가 위험 수위를 넘는다

달리고 싶은 만큼 자꾸만 되돌아보고 싶은
떠남은 변론할 수 없는 형벌이지만
기도 중에도 간절히 떨리는 기도 중에도
또다시 그리워지는 응시

선 따라 직선 따라 암팡스럽게 얽어매고 싶었던 진실도
넋으로 눕고, 조급히 살아온 날들이 애잔한 경적을 울
리는
안개보다도 더 흐므레한 한 움큼의 굴욕 속에 만남의 의
미는
잠적을 하고 허망하게 망가져 버린 꿈의 껍데기 돌입을
한다

흠뻑 반해 버린 한낮 흔적 없이 삭아 가고

힘없이 죽어 가는 차마 못 잊어 겨울에도
서성이는 회한 속에 자유로워지고 싶은 만큼
밤은 소낙비로 내리는데

추월도 불사하고 차창에 굽이치는 눈빛
1단, 2단, 3단, 4단,
생각은 하혈을 하고
잊혔던 혈육이 상극으로 섰다

주행 2

시동을 걸고 기어 변속을 하고 재깍재깍
잉태를 서두르는 사람들로 이어져 가는 시야를 본다
해가 뜨면 몰입되는 기억 속에서
봄도 여름도 가을도 진눈깨비로 흩날리는데
무엇으로도 만족하지 못하고 누구도 이해하지 못하는
애처로움을 이끌고 어디로 가려는 것일까

한 번만이라도 단 한 번만이라도 보고 싶어
표정 없는 전율로 줄달음치나
꿈꾸던 모습 멀리에 있고 예측할 수 없는 상황
비집고, 비집고 흐름으로 일어서
무로 돌아서 가는 교차로에
고개 숙여 고개 숙여 할 말을 잃고 서 있는 순수

깜박등도 더 이상 응답이 없고
소곤대는 소리 허튼 웃음
바라본 것만큼
더 이상 가까워지지 않는 것이 삶이라 해도
살아온 것만큼 또다시 그리워하고

매료되어 가는 가속도

슬픔도 눈물도 사치일 뿐
밤을 위한 표지판 더욱 낯설고
아직도 들꽃은 움츠리고
갈수록 추위는 더해 가는데
시동 꺼지는 소리
어디에서 시작되는 어두움일까

만귀정 소회

너무도 늦었던 걸까
극락강 따라 흐르는
서창 평야 알곡이 곱다
이곳이 포구였다지
수중 정자 찾아와 연꽃 향에 취한다
습향각에 너의 이름을 더한다
저 달이 걷히고
어느덧 앙다문 칠야
관습처럼 꽃이 되고
운을 단다
언제쯤 벗어날까
취석상석에 비밀의 암호가 귀염을 떨고 허리 휜 노거수
마음 아리다
내 가슴을 후리는
한
줄
詩

꽃무릇 산천

알려고 하지 말게요
그냥 그렇게 놓고 보게요

풀잎에 머금은 이슬처럼
그냥 가만두고 보게요

들녘에 핀 베틀 꽃의 잉아
찰진 알곡 낟알들처럼

그냥 편하게 두고 보게요
이름을 몰라도

다음 해 또다시 피어나게끔
그냥 그 자리 비워 두게요

누군지 알려 하지 않아도
눈 감아 징징대는 풀벌레 떼들

저 혼자 놀다가 되돌아가요
해마다 이맘쯤 피었다 져요

홍살문

이 땅의 딸로 태어난 죄
산골 친구가 내비에 죽림서원을 치고 오란다
울 시조 세종의 스승 이수
바람만이 가득한 마을
세종의 학문을 담당했다

어른들 다 돌아가시고 본향을 향한 바쁜 걸음
낮달이 휘영하다
이 홍살문을 지키고 있는 초등학교 산골 친구가
하염없이 고맙다

밀창에 달이 여민다
빈 들녘이 온통 서리다

어디에선가

여지없이 살아나는 거구나

해마다 오월이면
여기저기 붉은 꽃들 피어나는 거구나
나 이리 살아 있는 거구나

난 너를 바라볼 수 없는데

해마다 오월이면
붉은 장미 피어오르는 거구나
여윈 손을 내밀며

제4부

섬 1
– 시 쓰기 특강

아이들은 꿈꾼다
갈망하고 갈등하고 아파한다
어찌할지 몰라 날치가 되고
국밥을 먹다가 혀를 데이고
깔깔깔 웃는다

섬 2
– 시 쓰기 특강

구멍 뚫린 바지

항아리에
물을 채울 수 있을까

고향을 떠나와
뭍을 그리워하고 외로워 운다
노래한다

새의 둥지

어둠의 끝에서 꽃이 진다
이제 열매가 달리리라

해마다 봄이면 광주에서 북무안을 거쳐 현경면을 지나
신안을 간다
아이들을 만난다

섬 3
– 시 쓰기 특강

돌아오는 길
폭우를 만났다

강풍에 날아갈 듯
나비 휴게소에 차를 멈췄다

춥다 너무도 춥다
스르르 잠이 든다

생명은 누군가의 간절한 기도에 의해
존재한다는 사실이다

두려워하지 말자
4월 16일 어제

섬 4
– 시 쓰기 특강

아이들은 성장하면서 절망한다
이제 좀 더 컸다는 것일까
비를 맞아 마음이 젖는다
내년엔 도회로 진학해야 한다

꿈의 해무
햇발이 비치다 만다

지난해까지 씩씩하게 시를 잘 쓰던 아이들의 시가 모호
해진다
친구들과의 사이에서 매듭지고
전학을 와서 아직은 서럽다

집 앞이 바다인 아이들
바다를 바라보며 꿈을 키우고
다시 지우는 아이들

비가 그쳤다
돌아오는 길 해가 조금 남았다

우리 아이들이 사는 선착장을 슬쩍 들여다보았다

낼은 아이들과 더욱 공감하리라

섬 5
– 시 쓰기 특강

날아라 공, 뭍으로

금요일 주말
선생님들은 도회로 떠나고
학교가 텅 빈다

축구공

모여라,
운동장이 활기차다

엄마는 경기도에
아빠는 만난 지 1년도 넘는다
외할머니 외할아버지와 산다

엄마와 아빠가 헤어졌다
이젠 나도 괜찮다

공아 날아라,
뭍으로, 엄마 품으로

섬 6
 – 시 쓰기 특강

아이는 많이 아팠다
나는 아이의 발자국을 따라 걸으며

울고 또 울었다
더는 걷지 못할 때까지

아이는 견딜 수 없을 만큼 힘들면
바다에 나가 어둠이 된다 했다

눈길을 어디에다 둘까 하는데
곳곳마다 유채꽃이 폈다

아이를 두고 떠나는 맘이 두서가 없다
그날도 바다가 조금씩 저물어 왔다

섬 7
- 시 쓰기 특강

아이의 눈이 붉어졌다
버스 시간이 한참이나 남았다

읍내의 아이들이 다 돌아가고도
한동안을 서서 동동거려야 했다

되도록 아이와 눈을 맞추지 않아야 했다

뭘까,
시선을 움켜쥔 물체

찬바람에도
불끈 자라오른다

꽃샘추위에도 건실하다
한 몸체에서 갈래를 뻗는 양파

모양 빛이 거세다
환호를 건넸다 잘 자라라

섬 8
– 시 쓰기 특강

마음이 편치 않다
바닷바람이 산산이 날린다

한지에 앉아
아이는 돌아갈 줄을 몰랐다

손에 따끈한 감자를 쥐여 주고 싶다
삶은 계란이 좋을까

이젠 아이들이 제법 시를 잘 짓는다
감정의 절제에 노련하다

시와 잘 논다
하굣길에 아이가 손을 흔든다

돌아오는 길
붉은병꽃이 활짝 피었다

섬 9
– 시 쓰기 특강

아이는 울었다
흐르지 않는 눈물

바다가 아팠다
추워 떨고 있었다
솔섬 둘레에 아이는 시화가 되었다

괜찮니?
자꾸 아파요

얼굴이 많이 상했다
언제쯤 뭍으로 갈 수 있을까요
아이는 등수에 들지 못했다

아이들 모두가 시인이 되는 날
아이는 시인이 되지 못했다

바람도 구슬프게 끼룩끼룩 울고
난 아이만 빤히 바라다볼 뿐

급강하하는 냉기

카메라에 핏기 없는 아이의 얼굴
자꾸자꾸 배가 아파요

오늘은 모두가 시인이 되는 날
마구 찬바람 거세게 퍼붓는 솔섬 언저리엔
차마 시인이 되지 못하고

가슴 시린
한 아이가 얇은 입술을 차디차게 떨고 있었다

한 달이 지나고도 울고 있는 섬
아이는 잘 있을까 혹한이라는데
응급차 한 대 지나지 않는데

동동거리는 하릴없는 한밤

갈대끝물방울

생명의 긴 끈 유리알 안고
지구상에 젖을 물리고 있다
뚝뚝 눈물 떨구고 있다
어디에서든 눈 밝은 더욱 아린
생의 촉각

기억마저도 사라지고
더욱 또렷한 한 점 알
무엇을 말하려 했나
점심 후 아직 5교시 전

내가 만난
운동장 둘레엔 아직 너의 음성이 남고

도서관만을 향하던 너의 외롬을
나는 서둘러 막지 못했다

수업이 끝난 막간을 서둘러
수많은 얘기들이 무성한 아이들의 난간

왁자한 언론의 숲에서 해마다 재생되는

나의 오래된 학교

그 사이

울 아이들은 나에게 항상 눈물로 남는다
선생님은 아직 내 이름을 기억할까
낼 수능이다
자리 하나가 빈다

잘 있을 거라고만 생각했다
덩그러니 찹쌀떡 하나가 목멘다
교정의 흰 장미꽃이 오래도록 푸르다
하늘엔 온통

네가 남긴 시 한 줄
빈 울음만 움켜쥐어

대한민국 광주에도 소나기가 겁나게 온다

뿌연 안개 너머 자욱한
빗줄기
1980년의 오월

시와 붓과 먹과 흑백의 조우

나를 수락하던
그날의 그 암흑의 공간
충장로였을까 궁동이었을까
내 아이들이 쓴 시, 한 뭉치를 들고
화실을 더트고 있었다

최루탄만큼이나
나의 첫사랑만큼이나 생생한 기억의 살강,

지금 대한민국 광주에는 비가 내린다
아주 겁나고 시꺼멓게 하얀 비

해거름참

천둥 번개가 지구를 뒤흔들고 있다

덜컹거리며 흔들리는 시간의 열차 속에서
묵묵히 수묵을 그리던 손
산이 되고, 산곡이 되었다

수묵의 빛
교정엔 내 아이들의 시가 한 그루 나무로 수선대며 자라
고 있었다

흔들리며 멀어져 간 오월의 시화전은
폐회를 모르고

기억에서 멀어져도 좋았다
그가 아니어도 좋았다
나는 지금 시를 쓰고
그는 아직도 그림을 그린다
내 마음속에서 말이다

그는 아직 내 기억 속에서
80년 오월을 살고 있다
나의 아이들의 시는 아직도 바람에 깃을 세우며, 유유자
적하다

나는 그를 만날 것이다
내 아이들의 시를 땀땀이 그려 나가던
그 묵직한 사내,
여기저기 화실을 돌다가 끝내 맞닥뜨린 그 수묵의 사내
지금 광주는 뜨거운 비가 내리고 있다
아니,
광주에도 소나기가 겁나게 온다

아이들의 시에 음악이 붙기를

나는 악기를 연주할 줄도 노래를 부를 줄도 모른다.
그러나 내가 시를 짓는다면, 그것은 노래를 부르는 것이
면서 연주를 하는 것이다. 멜로디를 내 힘으로 붙일 수
있으면 나의 민요풍 시들이 지금보다 훨씬 더 멋질 것이
다. 그러나 확신컨대, 나의 시어에서 음률을 찾아 그것
을 내게 되돌려줄, 나와 비슷한 영혼을 가진 사람이 분
명히 있을 것이다.

─ 빌헬름 뮐러

이제 우리는 서로를 볼 수 없다. 그리움으로 만날 뿐이
라는 것. 우리 아이들과 마지막 시간을 보내고 돌아선다.
운동장에는 밤새 내린 눈이 하얗게 덮여서 눈부시게 아름
답다. 아이들을 운동장으로 내보낸다. 잠시 아이들은 눈싸
움에 마지막 무희를 즐긴다. 되돌아선다. 오후 햇볕 한 바
람에 운동장의 눈이 다 녹았다. 교문에 눈시울을 붉힌 목
련이 등을 밝힌다.
  시의 영화, 〈일 포스티노〉에서의 파블로 네루다와 메타
포, 〈죽은 시인의 사회〉에서의 '카르페 디엠!'을 외치는 키
딩 선생. 글쓰기에 관한 영화 〈파인딩 포레스터〉와 샐린저

등을 공부하며 아이들은 써 내려갔다. 시인처럼, 나는 그
들을 미래의 시인이라 부른다.

　이제 나도 그곳을 떠나 다시는 볼 수 없지만 많은 것들
을 추억한다.

　한 권의 시집이 나오기까지

　그들의 이름을 호명한다
　이제 시의 울에서 시의 싹을 틔운다
　아이들은 금방 잊는다
　자기가 쓴 것도
　운동장의 눈이 다 녹았다
　톡이 울린다 은서다
　선생님, 감사했습니다
　나는 소망한다
　내가 어디를 가든
　어디에 있든
　아이들의 시에 음악이 붙기를

　2018년 2월 16일 설날에

나의 꿈

나는 아는 바가 없었으므로
꿈꿀 수 있었으리라
시적 술수
무한한 깊이
시인 뮐러가 그토록 자신의 시에
음악이 붙기를 바랐던 이유

내가 아는 거라곤 시밖에 없다
시적 영감
아나키아 숙명
슈베르티아데
나는 음악에서 시를 배운다
인생의 후반기에 다시 시의 들에 선다
시의 이름으로

내가 어디를 가든
어디에 있든

나의 시에 음악이 붙기를

다시 노래가 시작되고,
우리는 함께 흘러간다

홍성담 화가

1

사람들은 노래를 부른다.

즐거울 때도 노래를 부르고 고통스러울 때도 노래를 부른다.

기쁠 때도 노래를 부르고 슬플 때도 노래를 부른다.

바쁠 때도 노래를 부르고 무료할 때도 노래를 부른다.

두들겨 맞을 때도 노래를 부르고 저항할 때도 노래를 부른다.

사랑을 할 때도 노래를 부르고 뒤돌아서서 이별할 때도 노래를 부른다.

가슴이 얼음장처럼 냉정해질 때도 노래를 부르고 뜨거

운 열정으로 화염 불꽃이 일렁일 때도 노래를 부른다.

사람들은 어제도 노래를 불렀고 오늘도 노래를 부르고 내일도 노래를 부를 것이다.

코로나-19가 천지사방에서 도사리고 있다가 여차하면 코와 입에 달라붙어 우리 몸을 파산시킨다고 경고해도 사람들은 노래방에서 노래주점에서 회식 자리에서 노래 부르기를 그치지 않는다.

TV채널을 돌리면 먹방만큼이나 온통 〈미스터트롯〉과 〈미스트롯〉, 〈나가수〉, 〈복면가왕〉이 여기저기에서 노래를 부른다.

가슴이 절절한 노래 가사를 꺾인 목으로 가녀린 목으로 떨리는 목으로 부르는 사람들의 진지한 표정과 몸짓이 우리의 코끝을 시큰하게 만든다.

노래를 부를 때만큼은 모든 사람들의 눈에 별빛이 반짝인다. 진실하다. 노래를 부르는 순간의 모습은 그들을 둘러싼 풍경과 일치를 이룬다. 그 모든 증오와 미움과 고통을 내려놓고 화해와 용서의 자리로 돌아간다.

그렇다. 극심한 파산 지경에 처한 세상이라도 사람들이 부르는 노래 덕분에 망할 놈의 세상은 다시 살아나 유지되고 또한 세상은 다시 살맛이 나며 내일을 기약하게 된다.

실제 경험이나 체험에서 미처 느끼지 못했던 새로운 사실을 노래를 통해 자상하게 들여다본다. 인간의 시각과 촉각은 대단히 단편적이고 직선적이어서 사물의 등 뒤나 그

속내를 볼 수 없다. 세상은 우리 눈에 보이는 것만이 존재하는 것이 아니다. 나의 노래만이 특정 상황이나 사물을 완벽하게 표현해 주는 정답이 아니다. 모래알보다 더 많은 사람들의 얼굴도 제각각 다르듯이 똑같은 노래라도 부르는 사람의 목소리와 몸짓과 표정에 따라 그 노래에서 들리는 내용과 색깔이 모두 다르다.

그래서 사람들은 노래를 부르면서 더욱 열심히 그 노래에 자신의 감정과 자신의 경험과 자신의 과거사와 자신만의 생각을 실으려고 온 가슴과 목을 쥐어짜면서 죽을힘을 다해 애를 쓴다.

2

시인은 노래를 부른다.

오로지 노래를 부르기 위해서 시인은 태어난다.

시인은 항상 새로운 노랫말을 구하기 위해서 진자리든 마른자리든 마다하지 않는다. 필요하다면 바리데기처럼 억겁과 태허의 수렁 저승길도 홀연히 다녀온다.

시인의 눈은 상하좌우 수십 개의 눈을 갖고 있다. 자신 앞에 놓인 사물이나 상황을 정면에서 응시하기도 하지만, 몇 억 광년 떨어진 저 우주 끝에 자신의 눈을 두고 이곳을 바라보기도 하고 그이의 시선이 포물선을 급하게 그리면

서 사물의 등 뒤를 바라보기도 하고 또는 사물의 깊은 속
내로 들어가 내시경처럼 바라보는 눈도 함께 갖고 있다.

생명의 긴 끈 유리알 안고
지구상에 젖을 물리고 있다
뚝뚝 눈물 떨구고 있다
어디에서든 눈 밝은 더욱 아린
생의 촉각

기억마저도 사라지고
더욱 또렷한 한 점 알
무엇을 말하려 했나
점심 후 아직 5교시 전

내가 만난
운동장 둘레엔 아직 너의 음성이 남고

도서관만을 향하던 너의 외롬을
나는 서둘러 막지 못했다

수업이 끝난 막간을 서둘러
수많은 얘기들이 무성한 아이들의 난간
왁자한 언론의 숲에서 해마다 재생되는

                                    나의 오래된 학교

— 「갈대끝물방울」 전문

「갈대끝물방울」은 시인의 교사 시절에 대한 체험이다. 아이들에 대한 애달픈 마음을 건조하게 노래하고 있다. 너무 오래된 기억이다 보니 마치 검은 숯덩이로 가득 채워진 답답한 시인의 가슴을 자신의 손바닥에 흑백사진처럼 인화하여 우리에게 조용히 펴서 보여 준다.

시인에게 '시공時空'은 아무런 상관이 없다. 신神에게 1초는 우리 인간에게 수백 년 수천 년이 될 수도 있고 인간에게 1초는 신에게 수백 년 수만 년이 될 수도 있다. 시인은 수십 년 전 교사 시절에 보고 느꼈던 기억을 오늘 지금의 상황 앞으로 소환한다. 시 전체의 색감은 손가락에 조금만 힘을 주어 만져도 곧 바스라질 것 같은 흑백 톤으로 견디며 끝까지 긴장감을 갖게 한다. 여기에서 교육 현장이나 아이들에 대한 어설픈 엄살 따위는 존재할 틈도 없다.

이 시의 1연 첫째 줄의 "생명의 긴 끈 유리알 안고"는 시의 마지막 줄 "나의 오래된 학교"까지 그 연체延滯된 순환의 공허한 고리를 확실하게 붙잡고 있다. "생명의 긴 끈"이 갖는 인연의 수레바퀴, 교사인 시인이 저 아이들에게 해줄 수 있는 것이 아무것도 없었으니 내 아이들도 저들과 같은 시간과 공간을 헤매게 될 것이며 내 아이의 아이들도

역시 저들과 똑같은 "외롬"을 겪게 될 것이라는 불길한 예
감이 밤안개처럼 가득 피어 오르고 있다. 그리고 저 불길
한 예감은 오늘날 시인이 보는 교육 현장에서 한 치도 벗
어나지 않았다는 것을 한숨을 길게 내쉬듯이 "왁자한 언론
의 숲에서 해마다 재생되는" 것이라고 이야기를 한다. 그
리고 곧바로 시인의 손에 은밀하게 인화된 그 흑백 사진을
조용히 접으면서 "나의 오래된 학교"라고 속삭이듯이 노래
를 부른다.

이렇게 하자! 저렇게 하자! 라는 훈장적 교만함이나 불
똥 튈 것 같은 구호성 가사 한 줄 없이 마냥 숯덩이처럼 건
조한다. 허튼 감정이나 엄살을 철저하게 배제하는 대신에
"5교시 전"이나 "너의 음성"과 "아이들의 난간"으로 학교의
주인인 아이들의 모습을 확실하게 재현했다.

시 제목「갈대끝물방울」에서 위태로운 상황에 놓인 유리
알 같은 아이들을, 1연의 "촉각"에서 예민한 상황임을, 2
연의 "5교시 전"에서 나른한 식곤증을, 3연의 "너의 음성"
에서 아련함을, 4연의 "도서관"에서 매달 찾아오는 시험
점수의 허기증을, 5연의 "재생"에서 허무한 반복을, 6연의
"나의 오래된 학교"에서 다시 자기 성찰을 캐묻는 시어詩
語들의 의미가 연결되면서 자연스럽게 갖는 내재율을 만
난다.

내재율은 시어가 서로 충돌하면서 빚어지는 율격이다.

예민한 상황–직접적인 자극, 식곤증–물질의 풍요 속에

서 생각의 빈곤함을, 아련함-추억이나 기억을, 허기증-평생 채워지지 않는 욕망을, 허무한 반복-현장의 절망감을, 자기성찰-그러나 다시 시작할 수 있는 힘을 각각 추론하면서 한 걸음 더 나아가 내재율을 담금질한다.

이러한 내재율로 이루어진 시는 소리 내어 거듭 낭송을 반복할수록 자기의 고유한 리듬을 스스로 생성하며 드디어 노래로 변화한다.

우리는 이러한 노래에 '절창'이라는 이름을 붙인다.

3

시인은 누구인가.

모든 예술은 '비극悲劇'에서 태어난다는 말이 있다. 곧 인간은 고통과 슬픔을 통해서 성숙한다는 말과 닿아 있다. 그래서 시인은 시시때때로 가장 고통스러운 경험을 놓치지 않고 몸속에 저장한다. 그것이 몸속에서 오랜 세월을 두고 숙성하면서 절차탁마의 과정을 거쳐 시어로 탄생한다. 우리는 시를 읽을 때 가차 없이 시 속에 몸을 던져 그 시인이 겪었을 그 고통에 참여하면서 공감한다. 시는 '읽는 것'이 아니라 '보는 것'이다. 그 시인의 고통과 슬픔과 좌절을 '보고 느끼는 것'이다. 그래서 시는 공감의 예술이다. 시를 읽는다는 것은 타자의 고통에 대한 응답이다. 그러나

고통에 대해 이해를 한다는 것만으로는 '응답'이 될 수 없다. 이해는 누구나 가능하다. 이해한다고 해서 공감을 하는 것은 아니다. 타자의 고통에 함께 참여하는 것이 응답이다. 그래서 그 고통을 함께 나누는 것이 공감이다.

시인은 진정한 노래를 만들기 위해서 세상에서 가장 힘든 슬픔과 고통이 있는 곳으로 걸어가기를 주저하지 않는다. 어둡고 시커먼 고통 속에 온몸을 담그고 자신의 육신이 악마들의 먹잇감이 되도록 숨을 놓아 버린다. 악마들은 시인의 몸에 날카로운 이빨을 박아 한 입 두 입 살을 뜯어 먹는다. 시인은 고통 속에서 저 악마들이 어디서 생겨났으며 여기까지 어떻게 오게 되었는지, 그 고통은 도대체 어디서 왔다가 어디로 가는 것인지를 끊임없이 캐묻는다. 시인은 이렇게 자신의 목숨과 노래를 맞바꾸는 사람들이다. 사람들은 시인이 부르는 이러한 노래를 듣고 자신에게 찾아든 고통을 이겨 내어 승화하는 법을 깨닫고 인생과 세상을 바라보는 시각을 확장하고 사람을 진실로 사랑하는 법을 깨우치고 저 증오와 미움과 절망스러운 세상과 화해하고 용서하는 방법을 알게 된다.

너를 잡을 수는 없었다
사실은 내가 줄기차게 달아나고 있었으므로

내가 달아나고 있었고

밀렵의 숲에
내가 빠질 수 없는 어둠에 이르렀다

고라니는 옥수수 밭을 훑다가
인간의 잔상에 걸려

죽사발 되었다

그가 피를 흘리며 간다
나는 내게로 돌아오지 않을 것이다

숲에서 어슬렁거리다
달이 될 것이다

– 「바람의 느낌」 전문

　시인은 「바람의 느낌」에서 "죽사발"이 된 한 마리의 "고
라니"가 되었다.

　시인은 앞도 뒤도 옆도 위도 아래도 아무것도 보이지 않
는 고통 속에 빠져서 "나는 내게로 돌아오지 않을 것이다"
라고 감히 말한다. 시인은 이 한마디 시어로 자신이 느끼
는 무서운 고통의 경지를 지극히 절제해 표현한다. 나는
내게로 절대 돌아오지 않을, 즉 '나' 자신조차 잃어버릴 만

큼의 고통이다. 일체 감각의 상실이다.

감각의 상실! 보고 듣고 만지고 맛보고 잠들고 꿈꾸고 느끼는 모든 감각을 상실해 버리는 고통! 그러나 "피를 흘리면서 간다"라고 노래한다. 시인이 노래 한 곡을 부를 때마다 겪어야 하는 이 고통은 '창조'라는 일종의 신의 영역을 일부 훔쳐 온 대가이면서 통과의례다.

마지막 연에 "숲에서 어슬렁거리다/달이 될 것이다"로 시를 마무리한다.

여기서 우리는 이미지의 반전反轉으로 생겨난 시의 독특한 리듬을 느낀다.

모든 초식 동물 중에서 가장 순한 동물이 아마도 고라니일 것이다. 시는 다시 "내가 달아나고 있었고"라며 시인 스스로 고라니임을 확인한다. 사람들은 고라니의 지극히 순한 눈망울과 갓난아이 울음소리를 내며 달아나는 고라니의 슬픈 소리를 기억할 것이다. 시각적 이미지와 청각적 이미지가 중첩되면서 두려움과 절망이 더욱 고조된다.

시어 "고라니"는 마지막 연의 "달"과 함께 이미지를 반전한다.

에미를 잡아먹은 호랑이로부터 도망하여 하늘로 올라가 햇님과 달님이 되었다는 전래동화 「햇님 달님」의 이야기다. 숲에서 가장 순한 초식동물 "고라니"는 "달이 될 것이다"라는 시구에 의해서 고라니와 정반대의 이미지를 갖는 '호랑이'를 추상抽象하도록 유도한다. 즉 에미를 잡아먹은

'호랑이'가 에미의 치마와 저고리를 걸치고 에미 목소리를 흉내 내고 앞발에 하얀 쌀가루를 묻혀 에미의 손으로 위장하여 시인을 미혹하는 순간을 떠오르게 하면서 절체절명의 시커먼 고통을 반전의 이미지로 제시한다.

시인은 극히 절제된 언어로 잠시 주저함이 없이 "달이 될 것이다"라며 시의 마침표를 찍고 나서 즉시 달의 뒷면으로 숨어 버린다. 미니멀의 극치를 이룬다.

인간이 신의 창조 영역을 일부 훔쳐서 만들어 낸 예술에서 가장 최고의 절정이 '추상화抽象化'다. 모든 예술은 궁극적으로 음악이 되고자 하는 이유가 바로 음악의 추상성 때문이다. 시도 역시 마찬가지다. 시가 궁극적으로 노래가 되기 위해서는 이 추상성을 획득해야 한다.

4

다시 노래 부른다.

시인 이효복이 20대 소녀 시절에 깔끔한 시로 우리를 깜짝 놀라게 하다가 어딘가로 숨어 버렸다. 그런데 30여 년만에 다시 나타나 노래를 부르기 시작했다. 우리 친구들에겐 두말할 것도 없이 너무나 기쁜 소식이다.

사람들은 시인이 부르는 노래의 리듬에 발맞추어서 시속으로 한없이 걸어 들어가 그이가 펼쳐 놓은 세상을 보며 다양한 세상을 경험하고 자기 성찰의 숲속에 든다.

수많은 시인들이 헤아릴 수 없이 많은 노래를 부른다.

우리는 그들의 노래를 따라 부르며 나 자신을 이해하고 나와 정반대에 있는 세상과도 화해하고 미운 사람이든 고운 사람이든 타자의 고통에 대해 응답을 하게 된다.

알려고 하지 말게요
그냥 그렇게 놓고 보게요

풀잎에 머금은 이슬처럼
그냥 가만두고 보게요

들녘에 핀 베틀 꽃의 잉아
찰진 알곡 낟알들처럼

그냥 편하게 두고 보게요
이름을 몰라도

다음 해 또다시 피어나게끔
그냥 그 자리 비워 두게요

누군지 알려 하지 않아도
눈 감아 징징대는 풀벌레 떼들

저 혼자 놀다가 되돌아가요

해마다 이맘쯤 피었다 져요

– 「꽃무릇 산천」 전문

그이의 「꽃무릇 산천」은 공간(위치 또는 자리)을 시각적
으로 배치하여 시의 기본 틀을 만들었다. 각 연의 순서대
로 키워드가 될 시어를 뽑아서 배치해보면 '놓고 보게요 –
가만 두고 보게요 – 낱알들처럼 – 이름은 몰라도 – 비
워두게요 – 알려하지 않아도'에서 보듯이 이미지의 여백
이 일목요연하게 서로 고리를 물고 목걸이처럼 얽혀서 둥
근 원을 이룬다. 이 둥근 원은 내년에도 그리고 그 다음 해
도 십 년 후에도 백 년 후에도 끊어지지 않고 계속 빙빙 돌
면서 인간의 자리, 그 생명의 귀중함을 지켜 줄 것이 분명
하다.

여백이 여백을 창조하고 다시 새로운 여백이 또 다른 여
백을 비워 둔다.

여백의 윤회다.

윤회輪迴란 삶과 죽음을 되풀이한다는 불교의 언어다.
해탈하기 전까지 삶과 죽음을 괴롭게 끊임없이 되풀이한
다는 뜻이다. 그러나 원래 산스크리트 삼사라(samsãra)는
'함께 흘러간다'라는 의미다.

시인은 '가만 놓고, 그냥 몰라도, 비워 두고, 굳이 알려

고 하지 않아도' 우리는 모두 함께 흘러간다며 그 슬프고도 아름다운 여백의 윤회를 정갈한 목소리로 노래하고 있다.

각 연과 연이 만나는 자리, 그 한 줄 여백에 비극 대신에 슬픈 아름다움이, 시커먼 고통 대신에 밝고 하얀 눈물이 아무도 모르게 스며들었다.

5

우리는 시인의 노래를 따라 부른다.

잔인한 정글의 법칙만이 난무하는 세상을 향해 분노의 가슴을 열고 함께 출렁거리며 시인의 노래를 따라 부르기도 하고, 때로는 하얀 눈물을 흘리며 잔잔한 낮은 목소리로 시인과 함께 노래를 부른다.

시인이 부르는 노래를 통해서 우리는 세상을 새로운 눈으로 바라보며 증오할 시간과 화해할 시간을 배우고 또한 시인의 길을 함께 걸으면서 그 모든 것들과 화해하고 사랑하는 방법을 알게 된다.

그토록 엄격하고 가혹한 고통 속으로 간단없이 걸어 들어가 자신을 해체하고 조합하고, 끝이 보이지 않는 절망과 좌절 속에서 다시 실낱같은 희망을 부여잡고, 다시 자신의 몸과 마음 그 모든 것을 해체해서 절대 돌아오지 않을 강물에 하나둘 버리고, 드디어는 깊은 남색 밤하늘에 걸린

저 달빛 속에서 처연한 자신의 모습을 발견하면서 세상에
대해 일정한 깨달음을 얻는 사람만이 비로소 '밝고 하얀 눈
물'을 흘릴 수 있다.

> 발을 잘못 놓았을 뿐
> 그 말에
> 눈이 어둡다
>
> — 「설산」 중에서

> 걸리고 찢긴다
> 벽이 있다는 것은
> 내가 걷고 있다는 증거이다
> 내가 달리고 있다는 맹세이다
>
> — 「고요한 숲에 앉아서」 중에서

> 나의 존재는
> 절절이 비가 되어 걸었다
> 나를 다 가져오지 못했다
>
> — 「그날의 일정」 중에서

시인은 어느덧 구도자의 길을 걷고 있다. "어둡"고 "찢
긴" 혼백으로 "비가 되어" 걸어도 "나를 다 가져오지 못"하
는 바로 그 길, 구도자의 길에 들어섰다.

구도求道의 길은 자신의 조건이나 자아를 벗어난 감각, 즉 홀로 즐기는 몰아沒我나 무아無我로 가는 어설픈 길이 아니다. 구도는 자신을 둘러싸고 있는 단단한 껍질을 한 겹 두 겹 스스로 벗겨 내는 탈아脫我의 고통 속을 걷는 길이다. '탈아'라는 자기 부정을 통해 새로운 자신을 찾아가는 과정이다.

우리는 시인들 덕분에 이런 아름다운 노래들을 따라 부를 수 있다.

그것이 재주가 있든 재주가 없든, 가방끈이 길든 가방끈이 짧든, 사랑을 하는 사람이든 이별을 한 사람이든, 부자이든 가난한 사람이든, 고운 목소리든 탁한 목소리든, 수리성, 비성, 파성, 화성, 천구성, 귀곡성, 감는 목, 푸는 목, 방울 목, 미는 목, 마른 목, 깎는 목, 튀는 목, 느린목 등등 여러 종류가 있어서 그것마다 특별한 맛과 고유한 향이 있듯이 시 또한 그러하다. 아니, 모든 예술이 그렇다.

이렇게 많고 다양한 목소리가 한꺼번에 동시에 터져 나오고 모든 사람들이 그것을 각자 따라 부르는 세상이 바로 '구도'의 완성이라고 보아야 할 것이다.

시인은 저 시커먼 고통의 늪에 두 발을 담근 채 하얀 눈물을 흘리면서 낮은 목소리로 다시 노래를 부른다.

알려고 하지 말게요
그냥 그렇게 놓고 보게요

풀잎에 머금은 이슬처럼
그냥 가만두고 보게요

들녘에 핀 베틀 꽃의 잉아
찰진 알곡 낟알들처럼

그냥 편하게 두고 보게요
이름을 몰라도

다음 해 또다시 피어나게끔
그냥 그 자리 비워 두게요

– 「꽃무릇 산천」 중에서

　시인의 노래를 따라 부르는 우리도 어느새 세상과 화해할 준비를 하고 있다. 그이의 자상한 시어들이 민들레 씨앗처럼 바람에 날려가고 있다.

나를 다 가져오지 못했다

초판1쇄 찍은 날 | 2020년 12월 7일
초판1쇄 펴낸 날 | 2020년 12월 15일

지은이 | 이효복
펴낸이 | 송광룡
펴낸곳 | 문학들
등록 | 2005년 8월 24일 제2005 1−2호
주소 | 61489 광주광역시 동구 천변우로 487(학동) 2층
전화 | 062-651-6968
팩스 | 062-651-9690
전자우편 | munhakdle@hanmail.net
블로그 | blog.naver.com/munhakdlesimmian

ⓒ 이효복 2020
ISBN 979−11−91277−00−5 03810